Le collier dérobé

D'après l'épisode
écrit par Laurie Israel et Rachel Ruderman

Adapté par Lisa Ann Marsoli

Illustré par
Character Building Studio et
l'équipe de Disney Storybook

© 2014 Les Publications Modus Vivendi inc. pour l'édition française.
© 2014 Disney Enterprises, Inc. Tous droits réservés.

Publié par Presses Aventure, une division de **Les Publications Modus Vivendi inc.**
55, rue Jean-Talon Ouest, 2ᵉ étage, Montréal (Québec) H2R 2W8 CANADA
www.groupemodus.com

Éditeur : Marc Alain
Traductrice : Karine Blanchard

Publié pour la première fois en 2014 par Disney Press sous le titre original *The Missing Necklace*.

Dépôt légal — Bibliothèque et Archives nationales du Québec, 2014
Dépôt légal — Bibliothèque et Archives Canada, 2014

ISBN 978-2-89660-940-6

Nous reconnaissons l'aide financière du gouvernement du Canada par l'entremise du Fonds du livre du Canada pour nos activités d'édition.

Gouvernement du Québec — Programme de crédit d'impôt pour l'édition de livres — Gestion SODEC

Imprimé en Chine

Il y aura un bal au château !
Sofia se prépare.

« J'ai une surprise pour vous,
dit le roi Roland, suivez-moi ! »

Il emmène Sofia et Ambre
dans la salle des joyaux.
« Vous pouvez choisir
un bijou ! » dit-il.

Un bébé griffon surveille les bijoux.
Les griffons sont des créatures
mi-lion mi-oiseau.
Ils adorent les choses qui brillent!

Les deux sœurs vont
dans la chambre de Sofia.
Le bébé griffon les suit.

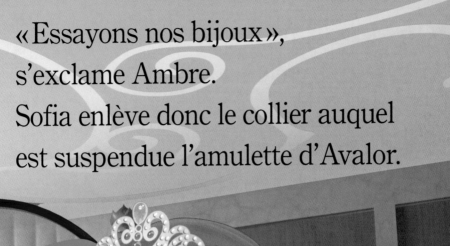

«Essayons nos bijoux»,
s'exclame Ambre.
Sofia enlève donc le collier auquel
est suspendue l'amulette d'Avalor.

Elle ne voit pas le griffon.
Il s'envole avec son collier
magique!

«Mon collier!» s'écrie Sofia.
Elle aperçoit des marques sur
la table. Elles ont été laissées
par les griffes du griffon.

Les filles cherchent le collier
qui permet à Sofia de parler
aux animaux.

Clovis, Mia et Robin veulent aider
Sofia. Toutefois, Sofia ne peut
pas les entendre sans son collier.

Une domestique appelle à l'aide.
Les gobelets dorés ont aussi
disparu.

Le voleur a laissé
sa trace. «Nous le retrouverons!»
promet le garde.

Cédric aperçoit le griffon dehors.
Il porte le collier de Sofia.

Cédric veut le collier
magique.

Cédric lance un sortilège.
Il ne fonctionne pas !

Cédric sauve son corbeau.
Le griffon arrive
à s'enfuir.

Cédric essaie de nouveau.
Il dépose un bijou scintillant
dans un piège.

« Attendons », dit-il.

Le griffon est dans le château.

Les amis de Sofia le voient.

Ils ne peuvent pas avertir Sofia.

Le griffon tient le collier de Sofia.

Clovis l'agrippe.

Le griffon ne veut pas le lâcher !

Le griffon prend ensuite
la pierre de Cédric.
Le piège ne fonctionne pas.

Cédric tente d'attraper le collier.
Le piège retombe sur lui !

La reine ne trouve plus sa couronne.
Elle voit des marques sur la table.
Elle trouve aussi une plume!

Ambre lui parle des autres
objets dérobés.

Cédric court toujours après
le griffon. Le griffon échappe
la pierre. Il perd aussi
la couronne.

Cédric les attrape.

Cédric atterrit dans la salle de bal.
Tout le monde voit qu'il tient
la pierre et la couronne.

Oh, oh!
Tous croient que Cédric
les a volées.

Sofia voit des poils et des plumes.
Elle repense aux marques de griffes.
Sofia démasque le véritable voleur.

Le roi flatte le griffon.

«Ça chatouille!» rouspète le griffon.

Sofia peut maintenant le comprendre!

Sofia retrouve ses amis.
Ils ont beaucoup de choses
à se raconter !